LES Zigo

L'hippopotame qui se faisait des bobos

Benoît Charlat

Les 400 coups

Il était une fois
un **híppopotame**
qui se faisait
toujours des bobos.

**Quand il se faisait
un bobo au ventre,
il pleurait...**

et il avait un pansement.

Quand il se faisait
un bobo à la tête,
il braillait...

et il avait un pansement.

Quand il se faisait
un bobo à la main,
il hurlait...

et il avait un pansement.

Quand il se faisait
un bobo au pied,
il pleurnichait...

et il avait un pansement.

Mais quand
il ne se faisait
pas de bobo
et qu'il
pleurait,
hurlait,
braillait
et pleurnichait
pour rien...

...il avait quand même
un pansement !

LES Zigotos

DANS LA MÊME COLLECTION